dann du

Erst ich ein Stück, dann du

Die Muskeltiere und der fliegende Herr Robert

Ute Krause

cbj

MIX
Papier | Fördert gute Waldnutzung
FSC® C043106

Penguin Random House Verlagsgruppe
FSC® N001967

5. Auflage

in der Penguin Random House Verlagsgruppe GmbH,
Neumarkter Str. 28, 81673 München
produktsicherheit@penguinrandomhouse.de
(Vorstehende Angaben sind zugleich Pflichtinformationen nach GPSR.)

Umschlag und Innenillustrationen: Ute Krause
Illustration Serienlogo: Ute Krause
Umschlagfertigstellung: Lena Ellermann
Erst ich ein Stück-Konzept: Patricia Schröder
CK · Herstellung: UK
Reproduktion: Lorenz+Zeller GmbH, Inning a. A.
Druck: Grafisches Centrum Cuno GmbH & Co. KG, Calbe
ISBN 978-3-570-17752-5
Printed in Germany

www.cbj-verlag.de

Inhalt

Die Muskeltiere
Einer für alle, alle für einen

In einem Hamburger Feinkostgeschäft mit exklusiver Käseauswahl haben sich zwei Mäuse, eine Rattendame und ein Hamster zu einer Wohngemeinschaft zusammengefunden. Die Besitzerin des Ladens, Frau Fröhlich, und Margarethe, die „gute Seele" hinter der Theke, ahnen nichts von ihren heimlichen Mitbewohnern, und die vier Freunde tun alles dafür, damit das auch so bleibt.

Picandou C. Saint Albray ist viel zu bequem, um ein Held zu sein. Er würde auch immer noch alleine unter der Kellertreppe des Feinkostgeschäfts leben und es sich dort gut gehen lassen, wäre er nicht in einer dunklen Novembernacht einer Ratte ohne Namen und einer Maus ohne Zuhause begegnet.

Die Ratte ohne Namen wurde Gruyère Réserve getauft. Sie hatte ihr Gedächtnis verloren und glaubte fest, dass sie eine Maus wäre. Auf der Suche nach ihrer Vergangenheit stieß sie nicht nur auf das „Schiff meiner Träume", das im Hamburger Hafen lag, sondern fand auch neue Freunde!

Ernie, alias Pomme de Terre, verlor sein Zuhause in der Kneipe „Zur Dicken Seejungfrau", als ein Kammerjäger ihn ausräuchern sollte. Auf der Flucht entdeckte er das Feinkostgeschäft und glaubte sich schon im Paradies, bis er feststellte, dass es einem anderen gehört.

POMME DE TERRE

BERTRAM VON BACKENBART

Bertram von Backenbart, ein Goldhamster von edlem Geblüt, hatte alles, wovon ein Hamster nur träumen konnte. Am liebsten hörte er Geschichten auf CD, am allerliebsten „Die drei Musketiere". Wenn er sich doch nur nicht so gelangweilt und vom großen Abenteuer geträumt hätte ... Da erhielt er unerwarteten Besuch und sein Leben änderte sich abrupt.

Gruyère zieht aus

Gruyère war eine ordentliche Ratte – eine sehr ordentliche Ratte sogar. Ganz besonders liebte sie es, die Höhle unter der Treppe herauszuputzen und zu verschönern. Stundenlang räumte sie erst auf und bastelte dann aus Müllresten hübsche Dinge für den Haushalt: Möbel aus Käseschachteln, Teppiche aus Stoffresten oder Vasen aus Schraubdeckeln, für die sie im Innenhof Blumen aus den Blumentöpfen pflückte. Stolz und glücklich betrachtete sie ihr Werk, wenn sie fertig war. Doch ihr Glück hielt nie lange an. Das lag an ihren drei Mitbewohnern, denn die legten überhaupt keinen Wert aufs Verschönern. Ja, es war ihnen sogar ziemlich egal.

Bertram von Backenbart war ein unordentlicher Hamster, der gerne mal Apfelstiele oder Tomatenkerne fallen ließ.

Der braune Mäuserich Pomme de Terre war noch unordentlicher als der Hamster. Er vergaß, die Käserinden

nach einer Mahlzeit wegzuräumen, er kleckerte und hinterließ eine Croissant- und Pastetenkrümelspur, die sich kreuz und quer durch die Höhle zog.
Am unordentlichsten aber war der graue Mäuserich Picandou. Wie Kraut und Rüben sah es aus, wo immer er sich gerade aufhielt. Das war überraschend, denn die Höhle unter der Treppe, in der sie alle lebten, gehörte ihm.
Unermüdlich räumte Gruyère hinter ihren Mitbewohnern auf und ständig brachten die Herren alles wieder durcheinander.

Eines Tages hatte die Rattendame genug.
„Hört endlich mit der Schlamperei auf!“,
rief sie.
„Sonst ziehe ich aus!“

„Ach was“, lispelte der Hamster und machte eine wegwerfende Bewegung mit dem Pfötchen. Er fand, dass Gruyère maßlos übertrieb.
„Jetzt mach man halblang“, sagte Pomme de Terre auf Hamburgisch. „Ich versteh nicht, wo das Problem ist. Sieht doch alles ganz schnieke aus.“
Und Picandou fügte mit tiefster Überzeugung hinzu: „Was Besseres als unsere Höhle findest du sowieso nicht!“
„Das werden wir ja sehen“, erwiderte Gruyère.
Als die drei sich kein Fünkchen besserten, packte sie schließlich ihre Sachen.
Die Herren sahen ihr verwundert dabei zu.
„Lass doch den Unsinn“, sagte Bertram.
„Wo willst du denn hin?“, näselte Pomme de Terre.
„Das geht euch nichts an. Mir reicht's“, antwortete Gruyère. Dabei hatte sie keine Ahnung, wo sie eigentlich hinwollte. Aber das durften Picandou, Pomme de Terre und Bertram auf keinen Fall merken. Hauptsache weg. Sie würde ihnen schon zeigen, wie ernst sie es meinte.
„Aber Zuckerschnäuzchen“, murmelte Picandou und folgte ihr zum Waschbecken. „Das kannst du doch nicht machen.“
„Und ob ich das kann“, sagte Gruyère, die gerade auf

die neben dem Waschbecken gestapelten Kisten kletterte. „Gib mir mal meine Sachen.“

Picandou reichte ihr das Bündel mit ihren Habseligkeiten und wischte sich eine Träne aus dem Augenwinkel. Unglücklich schaute er ihr nach.

Gruyère flutschte ohne ein weiteres Wort des Abschieds durch den Ausguss im Waschbecken und verschwand im Abflussrohr.

Die drei Herren sahen sich betreten an. Das hatte keiner von ihnen gewollt!

„Die kommt bestimmt gleich zurück“, sagte Pomme de Terre tröstend.

Da erleuchtete ein Blitz die Deichstraße.

„Na, sag ich doch! Bei dem Schietwetter is' sie gleich wieder da“, rief Pomme de Terre und zeigte aufs Kellerfenster. Jetzt donnerte es so heftig, dass die drei Herren zusammenzuckten.

Gruyère hatte den Donner kaum wahrgenommen und kletterte durch das Abflussrohr in den Innenhof. Sie

schob das Sieb beiseite, hievte ihr Bündelchen durch die Öffnung und sah sich um.
Heute beschien kein Mond den Hof. Stattdessen türmten sich dichte Wolken am Nachthimmel.

Schon traf sie ein Regentropfen
auf der Nasenspitze.
Gleich folgte ein zweiter.
Und dann prasselte
das Unwetter auf sie herab.

Gruyère lief eilig zu den Blumentöpfen, die am Haus standen, um sich und ihr Bündel in Sicherheit zu bringen. Aber noch bevor sie die Töpfe erreicht hatte, war sie völlig durchnässt. Sie griff nach dem Rand eines besonders großen Untersetzers und versuchte sich hinaufzuschwingen. Doch der Untersetzer war so nass und glitschig, dass Gruyère immer wieder abrutschte. Sie lief zu einem zweiten Untersetzer und weiter zu einem dritten, aber sie schaffte es einfach nicht hineinzuklettern.

Der Regen war wie eine graue Wand.
Nicht einmal der Müllsack
war dahinter zu sehen.
Schnell bildeten sich tiefe Pfützen.
Dann überflutete das Wasser
den ganzen Hof!

Ein Strudel ergriff die Rattendame und schwemmte sie auf die Toreinfahrt zu. Sie entdeckte ein Holzstück, ruderte darauf zu und umklammerte es. Ihr Bündel hielt sie zwischen den Zähnen und streckte dabei die Nase so weit wie möglich in die Luft. Auf keinen Fall durfte sie untergehen, denn dann würde sie ertrinken.

Sie wurde durch die Einfahrt gespült. Erst auf der Deichstraße verlangsamte sich die Flut und Gruyère spürte wieder Boden unter den Füßen. Der Wasserstrom zog sie zu dem Gully vor Frau Fröhlichs Laden. Dabei wurde der Sog immer stärker, je mehr sie sich dem Gully näherte. Fast wäre sie hineingezogen worden, doch gerade noch rechtzeitig stemmte sie sich dagegen und ruderte mit letzten Kräften auf eine efeubewachsene Hauswand zu.

Das war die Rettung! Zitternd packte sie einen Zweig und zog sich hoch. Der Regen peitschte immer stärker auf sie hinab und prasselte auf die Blätter. Gruyères Pfoten fühlten sich taub an vor Kälte und sie war zutiefst erschöpft.

Eins war klar – sie hatte sich den denkbar ungünstigsten Abend zum Ausziehen ausgesucht.

Sehnsüchtig dachte sie an die warme, gemütliche Höhle unter der Treppe. Aber selbst wenn sie reuig zu den drei Herren hätte zurückkehren wollen – der Weg wäre ihr sicher versperrt gewesen, denn das Wasser füllte bestimmt auch das Abflussrohr. Nicht auszudenken, wenn sie dort vom Regen überrascht worden wäre!

Sie schüttelte sich bei dem Gedanken und blickte in den Himmel, aus dem der Regen in Perlenketten herabfiel. Sie musste sich gedulden, denn für den Moment gab es kein Zurück. Sie musste unbedingt ein trockenes Plätzchen finden! Dort würde sie warten, bis der Sturm sich gelegt hatte.
Gruyère sah sich suchend um. Der Efeu wuchs ziemlich weit die Wand hinauf. Sie blickte nach oben und entdeckte einen Balkon. Darüber gab es einen weiteren Balkon. Das bedeutete, dass der untere Balkon vom Regen geschützt sein musste. Sie hatte einen Unterschlupf gefunden!

Erleichtert kletterte Gruyère hinauf.
Sie musste sehr vorsichtig sein,
denn sie wollte
auf den nassen Ästen
nicht ausrutschen.
Aber dann erreichte sie
den Balkon und
schwang sich hoch.
Endlich war sie im Trockenen!

Mehrere Blumentöpfe, ein rundes Tischchen und ein Stuhl standen um sie herum. Ansonsten war der Balkon leer. Zwischen den Töpfen fand Gruyère ein geschütztes Plätzchen und sank zu Boden. Der Regen rauschte herab, das Wasser tropfte aus ihrem Fell und bildete eine Pfütze auf den Fliesen. Sie zitterte vor Kälte und schloss die Augen. So hatte sie sich ihren Auszug wirklich nicht vorgestellt, dachte sie noch, bevor sie tief und fest einschlief.

Ein komischer Vogel

„Es ist vorbei. Hände hoch!", grölte eine tiefe Männerstimme. Sie riss Gruyère aus dem Schlaf.

Die Rattendame fuhr hoch und spähte ängstlich zur Balkontür. Dahinter war es dunkel. Wo also steckte der Mensch, der gerade gesprochen hatte?

Plötzlich kicherte eine Frau ganz in der Nähe. „Du kleiner Schlingel, du. Komm mal her. Komm zu Mami."

Gruyère reckte den Hals und blickte in alle Richtungen. Es war noch immer niemand zu sehen. Was hatte das zu bedeuten?

Ein Handy klingelte, und diesmal bemerkte Gruyère, dass das Klingeln von oben kam. Sie schaute hinauf und sah … NICHTS!

An was für einem gruseligen Ort war sie hier gelandet? Sie wollte gerade etwas tiefer in den Schatten schlüpfen, als ein Mixer zu brummen begann. Gruyère wusste, dass man für einen Mixer eine Steckdose brauchte,

doch sie sah weder Steckdose noch Kabel. Das Ganze war ziemlich unheimlich und wurde immer unheimlicher. Gab es hier vielleicht einen Geist?
Und wenn ja, wieso benutzte der einen Mixer?

Gruyère hielt den Atem an,
sie wagte nicht, sich zu bewegen.
Auf einmal spürte sie
ein Kitzeln in der Nase.
Es wurde mächtiger
und immer mächtiger.
Oh nein!, dachte sie
und hielt sich die Nase zu.
Doch da war es schon zu spät.
„HAATSCHI!“, machte sie.
„HAA-A-TSCHI!“

„Hände hoch und komm raus“, rief da die Männerstimme.
Gruyère war unter ihrem Fell erbleicht. Das war's, dachte sie. Der Nieser hatte sie verraten.
„Du kleiner Schlingel, du. Komm mal her“, rief die Frau.
Gruyère hob die Pfoten und trat zitternd aus ihrem Versteck. Ob sie jetzt noch fliehen konnte? Sie schielte Richtung Efeu und wollte gerade hinüberwitschen, da klingelte wieder das Handy, und die weibliche Stimme kicherte nochmals: „Du kleiner Schlingel, du. Komm mal her zu Mami.“ Das Klingeln und die Stimme kamen eindeutig vom Tischchen.
Gruyère spähte nach oben. Trotz der Dunkelheit erkannte sie einen Käfig, der auf der Tischplatte stand. In dem Käfig schien sich etwas zu bewegen. Gruyère blinzelte.

Hinter den Gitterstäben saß ein großer grauer Vogel mit einem spitzen, gebogenen Schnabel.
Er hatte den Kopf leicht zur Seite geneigt und betrachtete sie mit blitzenden Äuglein. Jetzt schnarrte er mit der Männerstimme: „Hände runter. War doch nur ein Scherz." Er keckerte und beugte sich neugierig vor.
„Was bist du denn für ein komischer Vogel?"
„Ich bin kein Vogel. Schon gar kein komischer." Gruyère ließ die Pfoten sinken und sah sich suchend um. „Ist … ist … hier nicht noch jemand?", flüsterte sie.

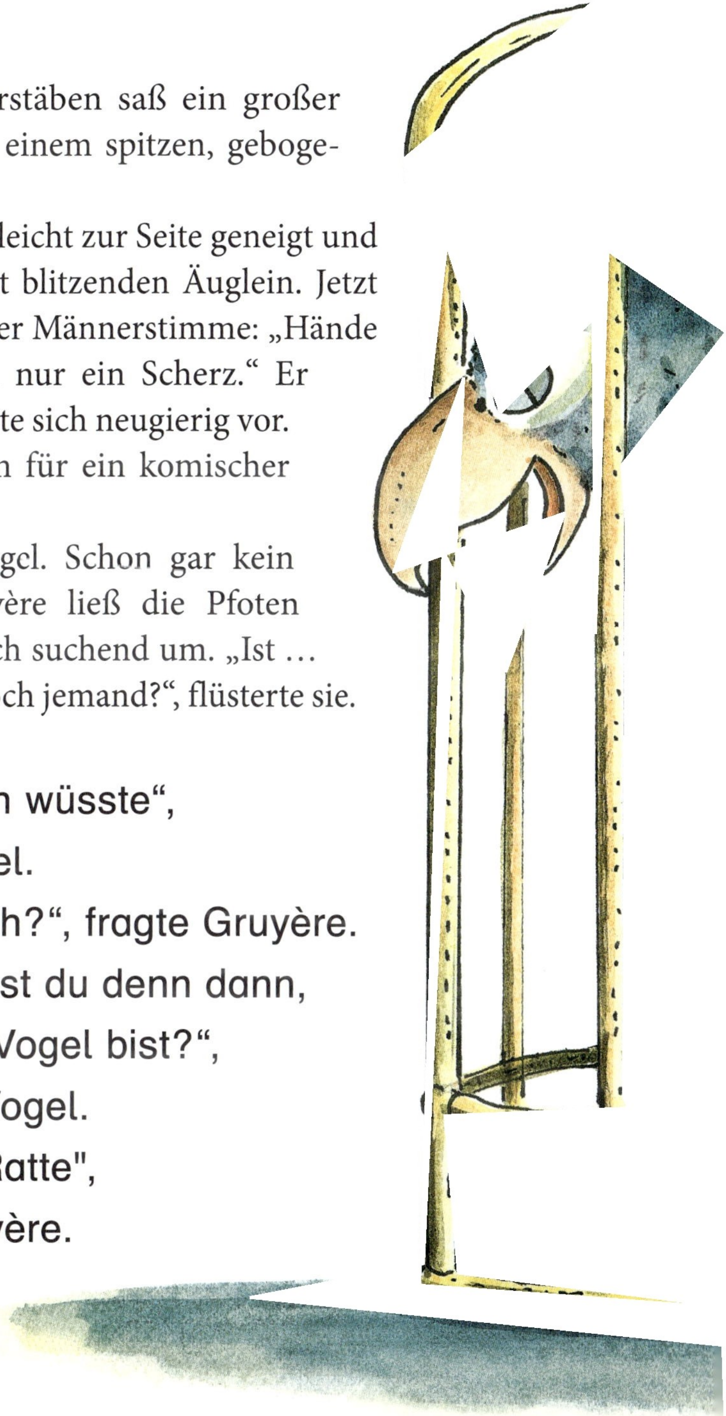

„Nicht dass ich wüsste",
sagte der Vogel.
„Nur du und ich?", fragte Gruyère.
„Klaro. Was bist du denn dann,
wenn du kein Vogel bist?",
krächzte der Vogel.
„Ich bin eine Ratte",
erwiderte Gruyère.

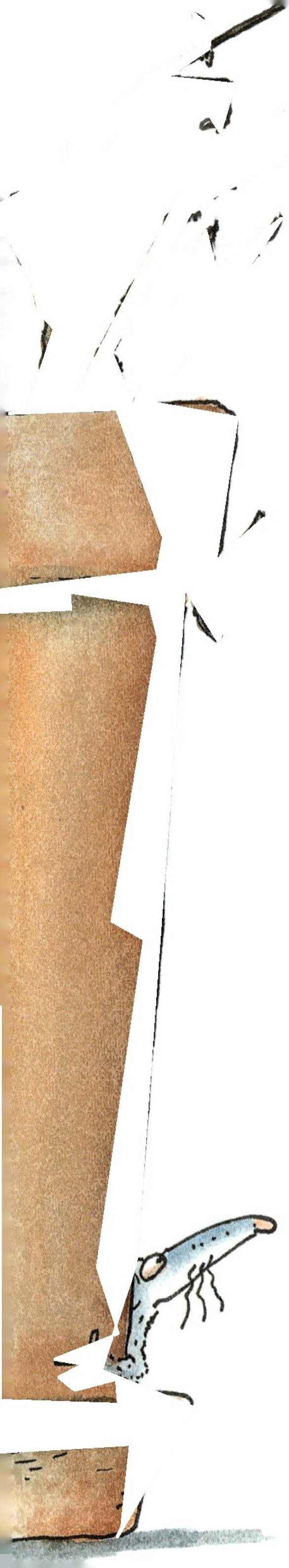

„Eine Ratte? Soso?!“ Der Vogel wirkte etwas unschlüssig. Er schien keine Ahnung zu haben, was eine Ratte ist.

„Und – und wer bist du?“,
fragte Gruyère.
Sie fühlte sich jetzt etwas mutiger.
„Ich bin Herr Robert“,
antwortete der Vogel.

„Und … wer …? Also, wenn niemand da ist, wer hat dann mit der Menschenstimme geredet?“, fragte Gruyère.
Herr Robert keckerte wieder. „Das hat dir wohl einen Riesenschreck eingejagt, was?“
Gruyère nickte. „Ja, schon.“
Herr Robert wippte vergnügt auf und ab. „Das war ich“, erklärte er stolz. „Hör mal. Wie findest du meinen …“ Er bellte plötzlich wie ein wütender Hund.
Gruyère fuhr zusammen und raste hinter die Blumentöpfe.
„War doch nur Spaß“, rief Herr Robert. „Komm wieder raus.“

Gruyère sah sich gründlich um, bevor sie aus ihrem Versteck kam. Das hatte sehr echt geklungen! Aber ein Hund war nirgends zu entdecken.

„Wie … wie machst du das?“, fragte sie.

„Hochbegabt, sagt Gerti.“ Herr Robert pickte mit dem Schnabel an seiner Stange. „Das war übrigens Waldi, der verwöhnte Köter von nebenan“, fügte er mit gespielter Bescheidenheit hinzu. „Ich kann ihn nicht ausstehen, und es macht ihn fuchsteufelswild, wenn ich ihn nachmache.“

„Das … das ist einfach unglaublich“, rief Gruyère.

„Ach, ich kann noch viel mehr!“ Wieder erklang der Mixer und gleich darauf klingelte das Handy.

Gruyère runzelte die Stirn. Sie kannte die lachenden Schreie der Möwen, das Schilpen der Spatzen – aber ein Vogel, der die Menschensprache, Hunde und Geräusche so perfekt nachmachen konnte, kam ihr wie ein Wunder vor. Dieser Herr Robert war wirklich erstaunlich!

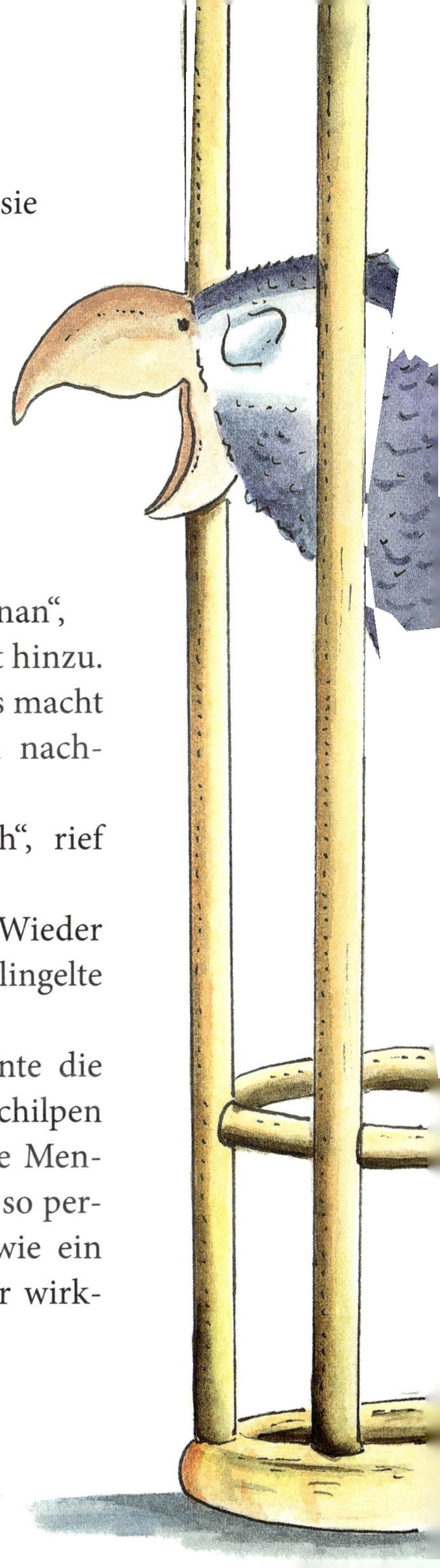

Herr Robert, der sich darüber freute, dass er Gruyère so beeindruckt hatte, hüpfte auf den Boden des Käfigs und schob den Schnabel zwischen die Gitterstäbe.

„Wie heißt du überhaupt, meine Kleine?“, fragte er.
„Ich heiße Gruyère“, flüsterte die Ratte.
„Soso. Gruyère?“, sagte der Vogel.
„Das ist aber ein sehr hübscher Name.
Komm doch etwas näher, Gruyère.“

Gruyère beäugte ihn unschlüssig. Der Vogel war um einiges größer als sie und hatte einen sehr gefährlich aussehenden Schnabel. Andererseits war er im Käfig eingesperrt und der wirkte sehr stabil.
Gruyère nahm ihren Mut zusammen, sprang über den Stuhl aufs Tischchen und blieb in sicherer Entfernung stehen. Es kitzelte wieder in ihrer Nase. „Haatschi“, machte sie nochmals.
„Gesundheit, meine Gute“, sagte Herr Robert. „Du scheinst dich etwas erkältet zu haben. Aber erzähl. Was bringt dich bei so einem Wetter zu mir? Normalerweise besuchen mich nur Spatzen, um mein Futter

zu klauen. Echte Nervensägen. Leider.“ Er schilpte ein, zwei Mal wie ein Spatz und schüttelte sich angewidert. Gruyère erzählte von der Höhle unter der Treppe, ihren unordentlichen Freunden und dass sie sich ein neues Zuhause suchen wollte, aber vom Regen überrascht worden war.

Herr Robert wiegte nachdenklich
den Kopf hin und her.
„Verstehe. Das klingt ja nicht sehr schön.
Aber hier kannst du leider nicht bleiben.
Meine Besitzer Günther und Gerti
würden das nicht erlauben."

„Ich will ja gar nicht bei dir einziehen", erwiderte die Rattendame eilig. „Ich bleibe nur, bis der Regen aufhört."
„Gut. Einverstanden." Herr Robert schwieg eine Weile. „Einerseits", fuhr er fort. „Andererseits aber auch schade. Eigentlich liebe ich ja Besuch. Bis auf die Spatzen natürlich. Erzähl mir etwas von der Welt da draußen. Warst du schon mal am Meer?"
„Ich war sogar schon öfter auf dem Meer", erwiderte Gruyère, und dann erzählte sie von den Abenteuern, die sie mit den drei Muskeltieren erlebt hatte. Dabei wurde sie ganz wehmütig.
Währenddessen rauschte unablässig der Regen, und Herr Robert stellte immer neue Fragen, sodass Gruyère immer weitererzählte.
Herr Robert seufzte leise. „Wie gerne würde ich an all

diese Orte fliegen, von denen du erzählst, und sie mit eigenen Augen sehen“, sagte er.

„Bist du denn immer in diesem Käfig eingesperrt?“, fragte Gruyère.

„Ja, meistens.“ Herr Robert raschelte mit den Flügeln. „In der Wohnung darf ich natürlich raus. Versteh mich nicht falsch – meine Besitzer sind ganz lieb zu mir und ich würde sie nie und nimmer verlassen. Ohne mich wären sie todunglücklich, glaub mir. Aber manchmal träume ich davon, die Welt da draußen kennenzulernen. Verstehst du?“

Gruyère nickte eifrig. „Allerdings. Das verstehe ich besser, als du denkst. Ich war nämlich früher Laborratte und habe auch viel Zeit in einem Käfig verbracht. Bis ich eines Tages entkam."
„Wirklich?" Herr Robert lehnte sich noch etwas weiter vor. „Und wie war, also, wie ist es so – auf einmal ganz allein da draußen?" Er nickte mit dem Kopf Richtung Deichstraße.
Gruyère überlegte. „Anfangs war es etwas unheimlich in der Freiheit, aber jetzt finde ich es richtig schön. Etwas anderes kann ich mir gar nicht mehr vorstellen …" Sie hielt inne, denn sie musste wieder an die Muskeltiere denken. Nur wegen ihrer drei Freunde war ihr Leben so schön. Aber das sprach sie nicht aus. Schließlich war sie gerade von zu Hause weggezogen.

Herr Robert blickte sehnsüchtig in den Himmel und brummte wie ein Flugzeug. „Ich würde auch gerne mal etwas Freiheit erleben“, murmelte er.

Nichts leichter als das, wollte Gruyère sagen, doch sie schwieg lieber. Es wäre ganz einfach, die Käfigtür zu öffnen, aber sollte sie das wirklich tun? Was, wenn Herr Robert ein Raubvogel war, der gerne Ratten fraß? Er hatte schließlich einen Raubvogelschnabel. Sie schielte zu seinem Futternapf, der bis oben hin mit Körnern gefüllt war.
Herr Robert bemerkte ihren Blick. „Darf ich dir etwas anbieten, meine Gute?“
„Äh … nein danke. Ist … das da etwa dein einziges Futter?“
Herr Robert schüttelte den Kopf. „Das ist nur für den kleinen Appetit zwischendurch. Gerti gibt mir täglich frisches Obst und Gemüse. Sie weiß, dass ich das viel lieber mag.“

„Verstehe. Und was … ähm … frisst du … sonst so?“
Der Vogel machte große Augen. „Sonst so?“ Er verstand nicht, worauf sie hinauswollte.
Gruyère setzte eine Unschuldsmiene auf. „Na ja, ich meine, magst du zum Beispiel auch … Fleisch?“
„Igitt! Nein!“ Herr Robert schüttelte sich angewidert.
„Und ähm … du tust mir also nichts, wenn ich dir die Tür aufmache?“
„Wieso sollte ich dir etwas tun?“
Der Vogel sah sie so verblüfft an, dass Gruyère all ihren Mut zusammennahm, den Riegel zurückzog und die Tür aufstieß. „Wie wäre es“, sagte sie und machte schnell ein paar Schritte zurück, „wenn du einfach mal etwas Freiheit ausprobierst?“

Herr Robert bewegte sich nicht.
Lange betrachtete er die Öffnung.
Er saß so still da,
dass die Ratte schließlich besorgt fragte:
„Alles in Ordnung?“

„Ja, schon“, schniefte Herr Robert gerührt. „Ich … ich kann es einfach nicht glauben. Ich meine, dass ich da jetzt so mir nichts, dir nichts hinausspazieren und etwas Freiheit genießen könnte, wenn ich wollte.“
Er schniefte nochmals.
Nur zu gut erinnerte Gruyère sich an den Moment, als sie aus ihrem Käfig entkommen war. Das war wahrscheinlich der aufregendste Moment ihres Lebens gewesen. „Komm“, sagte sie sanft.
Herr Robert zierte sich noch ein wenig, doch dann hüpfte er ungelenk auf den Tisch. „Du siehst ganz anders aus, ohne die Gitterstäbe“, sagte er.
„Du auch“, erwiderte Gruyère, der leicht mulmig zumute war. Herr Robert war nämlich ganz schön groß und sein Schnabel wirkte jetzt noch viel gefährlicher als mit Gitterstäben. Vielleicht sollte sie lieber das Weite suchen …

Sie deutete auf die Straße. „Der Regen hat aufgehört. Ich zieh dann mal los. Ich muss nämlich mein neues Zuhause finden, bevor es hell wird."

„Och." Herr Robert wirkte enttäuscht. „Bleib doch noch ein bisschen."

„Nein, das geht wirklich nicht." Gruyère sprang zu den Blumentöpfchen hinunter und holte ihr Bündel, das sie dort abgelegt hatte.

Der Vogel beobachtete sie nachdenklich und auf einmal blitzten seine Äuglein auf. „Vielleicht begleite ich dich ein Stück."

„Mich begleiten? Ähm …" Gruyère blinzelte nervös.

„Ich könnte dir bei deiner Suche behilflich sein", entgegnete Herr Robert, der von seinem Vorschlag zunehmend begeistert war. „Zu zweit finden wir bestimmt ganz schnell eine Bleibe für dich, weil wir uns aufteilen könnten. Das macht die Sache einfacher."

„Das ist sehr freundlich", murmelte Gruyère. „Aber ich weiß nicht, ob …"

„Ach bitte." Herr Robert blinkerte sie ganz lieb an.

Gruyère dachte nach. Es war nicht ungefährlich, so ganz allein auf Wohnungssuche zu gehen. Herr Robert, mit seinem spitzen Schnabel, wäre sicherlich ein guter Beschützer.

Sie trippelte zum Efeu. „Also, meinetwegen. Ich klettere schon mal runter."

Herr Robert hüpfte zum Rand des Tisches und spähte über die Brüstung.

„Da hinunter?“, fragte er.
„Genau!“ Die Rattendame nickte.
Herr Robert räusperte sich.
„Ich … müsste also dorthin …
ähm … fliegen.
Richtig?“

„Richtig“, bestatigte Gruyère. „Ein Klacks für einen Vogel.“

„Ein … echter Klacks“, wiederholte Herr Robert und schaute besorgt in die Tiefe.

„Also, bis gleich.“ Gruyère begann mit dem Abstieg. Herr Robert blickte ihr nach, rührte sich aber nicht. Gruyère winkte ihm von unten aufmunternd zu. „Flieg!“, rief sie.

„Flieg?“, fragte Herr Robert, der plötzlich verunsichert wirkte.

„Na, du musst die Flügel ausbreiten.“ Gruyère flatterte mit den Armen. „So. Und schon bist du in der Luft.“

Herr Robert flatterte zaghaft mit den Flügeln. „So?“, fragte er. „Und schon bin ich in der Luft?“

„Noch mehr flattern!“, rief Gruyère und machte es mit ihren Pfoten vor.

Herr Robert flatterte noch heftiger mit den Flügeln und auf einmal erhob er sich.

„Ich … ich fliege“, krächzte er verblüfft. „Der Wahnsinn! Ich fliege!“ Er brummte wie ein Flugzeug. „Ich fliege!“, johlte er und schaute auf die Straße.

Gruyère verstand seine Aufregung nicht. „Natürlich“, rief sie. „Du bist ja auch ein Vogel.“

In dem Moment hörte Herr Robert auf, mit den

Flügeln zu schlagen. Er segelte durch die Luft und fiel dann wie ein Stein auf die Straße. Reglos blieb er in einer Pfütze liegen.
Gruyère erschrak. Sie raste zur Pfütze. Hoffentlich war Herr Robert nicht tot. Wenn ihm etwas passiert war, würde sie sich das ein Leben lang nicht verzeihen. Schließlich hatte sie die Käfigtür geöffnet. Aber dass ein Vogel nicht fliegen konnte, damit hatte sie wirklich nicht gerechnet.

Sie gab ihm einen sanften Stups.
„Oh, mein lieber Herr Robert", rief sie.
Doch der Vogel rührte sich nicht.
„Lieber, lieber Herr Robert!"

Gruyère war den Tränen nahe. Dieser Abend entwickelte sich zunehmend zum Albtraum. Hätte sie doch bloß ihre Höhle nicht verlassen!

Unheimliche Begegnungen

Währenddessen schauten Bertram, Pomme de Terre und Picandou ratlos aus dem Kellerfenster in den Regen. Sie warteten und lauschten auf Schritte oder auf irgendein Lebenszeichen von Gruyère. Ab und zu war einer von ihnen zum Waschbecken gelaufen und hatte das Ohr an den Ausguss gelegt. Doch durchs Rohr hörte man nur das ferne Rauschen und Gluckern des Wassers, das vom Hof in die Abwasserleitung lief.
„Wir können sie nicht mal suchen gehen“, jammerte Picandou und presste verzweifelt die Pfoten aneinander.
„Hoffentlich ist sie nicht im Abflussrohr ertrunken“, lispelte Bertram.

„Nee, nee“, rief Pomme de Terre. „Die Deern is da durchgewieselt, bevor dat mit dem Regen anfing.“
„Jedenfalls gehe ich sie suchen, sobald wir hier rauskommen“, sagte Picandou. „Und bis dahin, meine Herren, räumen wir die Höhle auf. Gruyère wird staunen, wenn sie zurückkommt.“
„Wenn …“, murmelte Bertram düster, aber die beiden anderen taten, als hätten sie ihn nicht gehört, und gingen sofort an die Arbeit.

Gruyère hatte sich mit aller Kraft gegen Herrn Robert gestemmt und ihn nach mehreren Versuchen aus der Pfütze gehievt.

Endlich saß er aufrecht.
Er öffnete die Augen,
blinzelte und schaute sie verwirrt an.
„Wo bin ich?“
„Du bist auf die Straße geflogen“,
antwortete die Rattendame.
Vor Erleichterung fiel ihr
ein ganzer Kieselstein vom Herzen.

„Geflogen? Wirklich? Ich kann … ähm … Also, ich kann doch gar nicht fliegen."
Gruyère seufzte. „Das habe ich auch gemerkt, aber leider zu spät. Ha-hatschi!"
Herr Robert ließ den Kopf hängen. Er wirkte sehr bedrückt.

Gruyère wischte sich einen Tropfen
von der Nasenspitze.
„Ich verstehe das einfach nicht.
Du bist doch ein Vogel
und Vögel können fliegen."
„Andere Vögel schon. Aber ich nicht",
nuschelte Herr Robert.
Er hielt noch immer den Kopf gesenkt.

Die Ratte sah ihn überrascht an. „Aber wieso nicht?"
„Wo sollte ich das denn lernen?", fuhr Herr Robert sie an. „Etwa im Käfig?! Da ist doch kein bisschen Platz! Außerdem musste ich nie fliegen, also habe ich es nicht gelernt. Punkt."
„Verstehe. Aber dann hättest du mir nicht vorschlagen dürfen, dass du mich begleitest", rief Gruyère.

Herr Robert nickte reumütig. „Stimmt." Er seufzte schwer. „Ich gebe zu, mir bleibt nichts andres übrig, als in meinen Käfig zurückzukehren", fuhr er bekümmert fort und blickte betrübt Richtung Balkon.

Gruyère folgte seinem Blick und begriff im selben Moment, dass sie ein riesiges Problem hatten: Wie kam Herr Robert zurück nach oben? Sie hatte ihm wirklich keinen Gefallen getan, indem sie die Käfigtür geöffnet hatte.

„Das *wäre* im Grunde eine ganz gute Idee", sagte sie zögerlich.

„Wäre?", fragte Herr Robert.

„*Wäre*", erwiderte Gruyère. „Wenn du nur fliegen könntest! Dann wäre es sogar eine Superidee."

Herr Robert schaute sie entsetzt an. Daran hatte er überhaupt nicht gedacht. Er begann vor Aufregung wie ein Handy zu klingeln.

Gruyère legte ihm beruhigend eine Pfote auf den Flügel. „Hör zu“, sagte sie. „Wir finden eine andere Lösung.“

Sie dachte krampfhaft nach. Den Efeu hochklettern konnte der Vogel mit seinen Krallen bestimmt nicht. Und hochtragen konnte Gruyère ihn auch nicht, dazu war er zu groß und zu schwer. Ob sie ihn mit einem Seilzug hochziehen könnte? Nein, dazu hätte sie die Muskeltiere gebraucht, und die hatte sie ja gerade verlassen.

Sie grübelte weiter
und schüttelte schließlich den Kopf.
„Es gibt keine andere Lösung.
Du musst nach Hause fliegen!“
„Aber genau das kann ich ja nicht“,
murmelte Herr Robert.

Gruyère winkte ab. „Aber ich weiß wer es dir beibringen könnte!“ Sie strahlte Herrn Robert an und deutete auf ein parkendes Auto. „Versteck dich am besten dort. Ich hole schnell Hilfe.“

„Kann ich nicht mitkommen zum Hilfeholen?“

Gruyère winkte entschieden ab. „Ein riesiger grauer Vogel und eine Ratte, die am Kai entlangspazieren, erregen nur unnötig Aufmerksamkeit.“

„Aber kann ich nicht vielleicht doch“, bettelte Herr Robert.

„Nein! Ich bin gleich zurück.“

Herr Robert war enttäuscht, watschelte aber gehorsam unters Auto.

Gruyère trippelte, so schnell sie konnte, die Deichstraße entlang, sprang an Pfützen vorbei und ließ ihren Blick aufmerksam in alle Richtungen schweifen.

Noch war die Straße leer, aber ihr Gefühl sagte ihr, dass sie sich beeilen musste, damit Herr Robert vor Morgengrauen wieder sicher auf seinem Balkon saß.

Sie überquerte eine große Straße
und sprang dann
die Stufen zum Kai hinunter.
Dort wollte sie die Möwen suchen.
Die Möwen hatten den Muskeltieren
schon öfter aus der Patsche geholfen.
Vielleicht könnten sie Herrn Robert jetzt
das Fliegen beibringen?

Doch die Möwen, die nachts gerne auf der Kaimauer dösten, waren nirgends zu sehen. Gruyère überlegte. Manchmal schliefen sie auch unter einer Brücke. Also lief sie zur nächsten, die direkt neben den Stufen lag. Dort war es so dunkel, dass sie nichts erkennen konnte. Aber ihr war, als höre sie das leise Rascheln eines Federkleides. Sie blinzelte ein paar Mal, bis sich ihre Augen an die Dunkelheit gewöhnt hatten, doch außer einem alten Karton war nichts zu sehen.
Vorsichtig ging sie darauf zu. An einer Ecke war er etwas aufgerissen. Gruyères Herz machte einen Hüpfer. Vielleicht hatte sie ja ein perfektes neues Zuhause gefunden!

Sie schlüpfte durch die aufgerissene Ecke und sah sich um. Der Karton war leer und sehr geräumig. Das wäre schon mal ein Anfang. Sie legte ihr Bündel ab und wollte gerade wieder hinauskrabbeln, als sie wieder das Rascheln hörte: Die Möwen mussten ganz in der Nähe sein.
In diesem Moment kitzelte es erneut in ihrer Nase.
„HAATSCHI!“, hallte es unter der Brücke. Selbst wenn es nur das Hatschi einer Rattendame war, hätten die Möwen sie jetzt doch hören müssen! Aber es rührte sich nichts. Sie schlüpfte enttäuscht nach draußen und bekam den Schreck ihres Lebens!

Riesige gelbe Augen starrten sie an. Sie leuchteten wie Laternen. Um die Augen herum war alles schwarz, bis das Tier das Maul aufriss, seine großen, spitzen Zähne zeigte und ein lautes, zischendes Geräusch von sich gab. Gruyère schoss zurück in die Kiste. Hier war sie in Sicherheit – zumindest für den Augenblick. Plötzlich aber begann der Karton zu wackeln und eine Pfote mit langen, scharfen Krallen fuhr durch die Öffnung. Gruyère sprang zurück und presste sich ängstlich in die hinterste Ecke. Wieder wackelte die Kiste, diesmal heftiger, und die Pfote schoss bedrohlich nahe auf sie zu.

„Hilfe!“, schrie Gruyère,
so laut sie konnte. „HILFE!!!“
Hoffentlich würde eine der Möwen
sie hören!

Und dann kam ihr ein schrecklicher Gedanke. Vielleicht war das Rascheln vorhin gar nicht von den Möwen gekommen? Vielleicht war es die ganze Zeit nur die Katze gewesen, die da leise unter der Brücke herumgestrichen war! Wenn das stimmte, war Gruyère verloren.

Hände hoch!

Der Regen hatte endlich aufgehört. Die drei Muskeltiere legten ihre Degen an, kletterten in den Innenhof und begannen mit der Suche nach ihrer verschollenen Freundin. Sie durchstöberten jeden Winkel, aber ohne Erfolg. Zwischendurch stärkte Picandou sich am Müllsack, denn das half beim Nachdenken, wie er behauptete. Aber in Wahrheit war ihm sein Hunger im Moment ein klitzekleines bisschen dringlicher als das Schicksal von Gruyère.

Kauend stellte er fest: „Sie ist nicht hier. Sie wird sich ein Zuhause weiter weg gesucht haben."

Das leuchtete allen ein. Es war ja schon eine ganze Weile vergangen, seit Gruyère ausgezogen war. In der Zwischenzeit konnte sie schon ziemlich weit gekommen sein. Wo also sollten sie mit der Suche anfangen?

„Am besten, wir trennen uns“, lispelte Bertram, als sie durch das Tor auf die Deichstraße traten. „Wenn jeder sich einen anderen Teil der Straße vornimmt, geht es schneller.“
Damit waren alle einverstanden und sie zogen in unterschiedliche Richtungen los.
„Gruyère!“, rief Bertram immer wieder, während er die Straße hinauflief. „Gruyère! GRUY-ERE!“
„Gruyère! GRUY-ERE!“, antwortete ihm seine Stimme.
Bertram zuckte zusammen und blieb stehen. Seit wann gab es auf der Deichstraße ein Echo?
„Gruyère? Bist du da?“, rief er.

„Bist du da?“, antwortete das Echo.

Das war zu viel. Ängstlich witschte der Hamster die Straße zurück und stieß dabei mit Picandou zusammen, der ihm gerade entgegenkam.
„Was ist los?“, fragte der Mäuserich.
„Da … da … ist ein Echo“, stotterte Bertram und deutete zitternd in die Richtung, aus der die Stimme gekommen war.
Picandou schaute die Straße hinab.
„Unsinn“, sagte er. „In der Deichstraße gibt es kein Echo.“

„Das dachte ich auch“, flüsterte Bertram aufgeregt. „Aber jetzt gibt es eins. Überzeug dich doch selbst!“ Picandou lief die Straße hinunter und der Hamster folgte in sicherer Entfernung.
„Gruyère!“, rief Picandou laut.
„Gruyère!“, echote es.
Picandou blieb verblüfft stehen und sah sich um.
„Siehst du, ich hatte recht …“, begann der Hamster.

„Es ist vorbei. Hände hoch!“,
grölte plötzlich eine tiefe Männerstimme.
Die zwei Muskeltiere erschraken.
„Hände hoch!“, wiederholte die Stimme.

Bertram und Picandou erhoben die Pfoten. Mit klopfenden Herzen schielten sie zu einem roten Auto, das in der Nähe geparkt war. Von dort war die Stimme gekommen. Und jetzt bewegte sich etwas hinter dem Vorderreifen! War dort jemand versteckt? „Hände hoch!“, hatte die Stimme in der Sprache der Menschen gerufen. Den Namen Gruyère aber hatten andere Stimmen gerufen – eine, die wie die von Bertram klang, und dann eine wie die von Picandou.
Was hatte das um Himmels willen zu bedeuten?
Picandou überlegte gerade, ob sie es wohl rechtzeitig zum Innenhof schaffen könnten, als ein großer grauer Vogel hinter dem Reifen hervorwatschelte.

„Seid ihr etwa die Hilfe?“, fragte er.
„Die Hilfe?“ Picandou sah ihn verwirrt an. „Was für eine Hilfe?“
„Na ja, jemand, der mir hilft, auf meinen Balkon zu fliegen.“ Herr Robert beäugte die zwei Nager besorgt. Ihm war es – gelinde gesagt – ein Rätsel, wie er von ihnen das Fliegen lernen sollte. Sie hatten ja nicht einmal richtige Flügel – mit ihren mickrigen Ärmchen würden sie jedenfalls nicht weit kommen.
„Auf den Balkon? Ni-nicht dass ich wüsste“, lispelte Bertram, der die Sprache wiedergefunden hatte, aber misstrauisch blieb. Dieser Vogel hatte einen gemeingefährlichen Schnabel, vor dem man sich besser in Acht nahm. Und wo verbarg sich der Mensch, der gesprochen hatte? Er bückte sich und schaute gründlich unter dem Auto nach.
„Wo ist …“, begann er, doch der Vogel unterbrach ihn ungehalten: „Aber ihr habt doch nach Gruyère gerufen!“

„Du kennst sie?!“, rief Picandou. „Wo ist sie?“
Der Vogel zuckte mit den Flügeln. „Keine Ahnung. Ich dachte, sie hat euch geschickt, um mir das Fliegen beizubringen.“
„Um dir das Fliegen beizubringen?“
Das fragte Pomme de Terre, der die Szene aus der Ferne beobachtet hatte und dazugetreten war – reichlich verblüfft.

„Wieso sollen wir
dir das Fliegen beibringen?“,
rief er.
„Du bist doch ein Vogel.
Und Vögel können …“

„Eben nicht“, unterbrach ihn Herr Robert schroff. Das Thema wurde ihm immer peinlicher. „Deswegen holt Gruyère ja Hilfe.“
„Und wohin ist sie gelaufen, um Hilfe zu holen?“, rief Picandou, dem die Flugprobleme des komischen Vogels ziemlich egal waren und der nur Gruyère so schnell wie möglich finden wollte. „Nun sag schon!“
Herr Robert deutete in Richtung Kai.

„Dann sucht sie garantiert die Möwen“, rief Pomme de Terre. „Die können nämlich fliegen.“
„Möwen?“ Herrn Roberts Ausdruck hellte sich auf. „Das ergibt Sinn. Sie sprach von Freunden.“
„Na also“, rief Pomme de Terre, „… denn man tau, Leute.“
„Heh?“, machte Herr Robert verwirrt.
„Er meint, auf geht’s“, erklärte Bertram und zückte seinen Degen. Er hatte aber noch eine Frage: „Da war doch noch wer“, sagte er, besorgt auf das parkende Auto blickend.
„Nee. Ich bin allein.“
„Aber da hat doch gerade ein Mensch gesprochen.“
Herr Robert keckerte. „Das war ich“, sagte er stolz.
„Du?“, rief Bertram. „Du kannst wie ein Mensch sprechen?“
„Kann ich.“ Herr Robert deutete auf den Degen.

„Warum tragt ihr Cocktailspieße? Geht's nachher noch auf 'ne Party?" Er keckerte wieder.
„Das ist ein Degen", erwiderte Bertram würdevoll. „Wir sind nämlich die Muskeltiere."
„Die Muskeltiere? Verstehe …" Herr Robert neigte den Kopf zur Seite. Sehr ungewöhnlich, dachte er bei sich, aber irgendwie auch niedlich. „Bisschen wenig Muskeln, oder?", rief er vergnügt. Doch weil die Muskeltiere über seinen Scherz nicht lachten, fügte er schnell hinzu: „Und ich bin Herr Robert."
„Erfreut", lispelte Bertram.

„Jetzt kommt schon!"
Picandou mahnte zur Eile.
Er lief los und
zog Pomme de Terre mit sich.
„Kann ich mit?", fragte Herr Robert.
„Wenn du unbedingt willst",
lispelte Bertram.
Er schwang seinen Degen und
folgte den Freunden.

Herr Robert flatterte und hüpfte hinterher. Aber er war viel zu langsam. Das gefiel ihm überhaupt nicht. Vor lauter Aufregung klingelte er wie ein Handy.
Die Muskeltiere blieben sofort wie angewurzelt stehen.
„Was war das?“, flüsterte Picandou.
Herr Robert, der sie einholte, rief: „Hände hoch!“
Picandou wurde blass, aber Bertram wusste es besser.
„Das Handy vorher warst also auch du?!“, lispelte er verblüfft.
„Jep.“ Herr Robert keckerte wieder.
„Wie … Wie machst du das?“, fragte Pomme de Terre.
„Ich bin hochbegabt, sagt Gerti.“ Und dann wiederholte Herr Robert mit Männerstimme: „Hände hoch!“
„Nicht zu fassen“, murmelte Bertram.
„Nich’ zu fassen. Einfach nich’ zu fassen“, näselte Pomme de Terre.
So viel Aufmerksamkeit beflügelte Herrn Robert. Den ganzen Weg zum Kai gab er immer wieder neue Geräusche von sich und jedes Mal blieb den Muskeltieren fast das Herz stehen. Panisch rasten sie unter das nächste Auto, wenn ein Flugzeug oder Gertis Mixer dicht hinter ihnen brummte. Mal bellte und heulte ein Hund, oder eine Frauenstimme rief: „Komm zu Mami!“
Auch wenn sie inzwischen begriffen, dass der

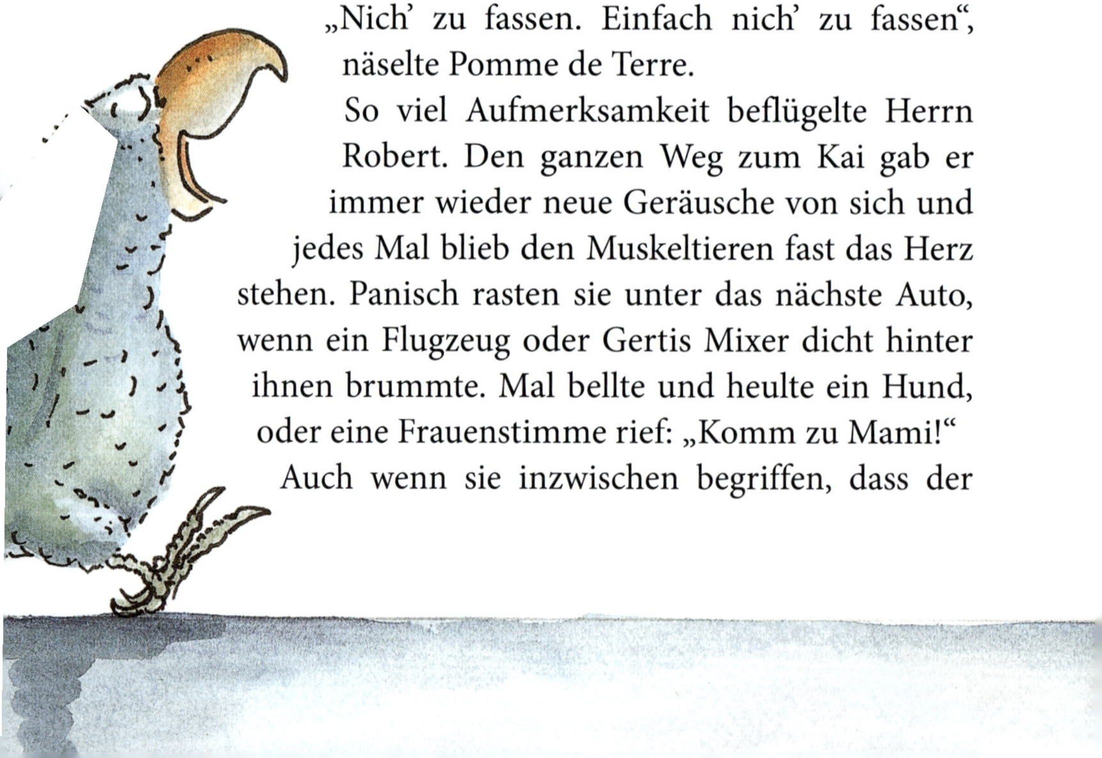

komische Vogel dahintersteckte, erblassten die Muskeltiere ein ums andere Mal vor Schreck unter ihrem Fell.
„Kannst du bitte damit aufhören!“, rief Picandou entnervt.
„Wenn du nicht die Klappe hältst, bringen wir dich nicht zu den Möwen“, drohte Bertram.
Herr Robert wirkte gekränkt. „Gefällt es euch etwa nicht?“
„Nein“, antwortete Picandou. „Überhaupt nicht.“
„Dann eben nicht“, murrte Herr Robert und hüpfte schmollend und ohne einen weiteren Piep hinter den Muskeltieren her.

Schweigend erreichten sie den Kai
und schweigend trippelten sie
die Stufen zum Wasser hinunter.
Der Kai lag dunkel und verlassen da.
Nirgends war eine Möwe zu sehen
und eine weiße Ratte schon gar nicht.

„Ob sie wirklich hier ist?“, fragte Picandou. Das Fünkchen Hoffnung, seine Gruyère zu finden, erlosch.
Sie liefen ein Stück erst in die eine und dann in die andere Richtung.
„Gruyère!“, rief Picandou immer wieder, doch niemand antwortete. Schließlich kehrten sie zu den Stufen zurück.
„Was nun?“ Bertram war ratlos.
„Vielleicht sind die Möwen ja …“, begann Picandou.
„Sch!“, machte Pomme de Terre. „Habt ihr das gehört? Da war etwas!“
Sie spitzten die Ohren. Und dann hörten sie alle den Quietscher: „Hi-hilfe!“
„Gruyère!“, rief Picandou. „Das ist ihre Stimme!“
Er schoss auf die Brücke zu und verschwand in den Schatten, denn von dort war der Hilferuf gekommen. Plötzlich bremste er derart scharf ab, dass Pomme de Terre und Bertram, die ihm auf den Fersen folgten, stolperten und alle drei übereinanderpurzelten. Noch bevor sie sich aufrappeln konnten, erstarrten sie: In der Dunkelheit, direkt über ihnen, glühten zwei gelbe Augen. Sprungbereit kauerte dort eine riesengroße Katze, fast so schwarz wie die Schatten. Sie machte einen Satz auf die Muskeltiere zu und schlug Picandou mit solcher Wucht über den Kopf,

dass er bewusstlos zu Boden sank. Die Tatze holte ein zweites Mal aus. Der Hamster wich gerade noch rechtzeitig zurück, sodass nur seine Barthaare gestreift wurden. Entschlossen zückte er seinen Degen.
„Gruyère! Lauf!", schrie er. „Rette dich! Schnell!"
Gruyère, die immer noch im Karton saß und Bertrams Stimme erkannt hatte, krabbelte Richtung Loch und spähte nach draußen. Sie entdeckte ihre drei Freunde und erkannte sofort, in welcher Gefahr sie schwebten.

Der Hamster stach mit dem Degen
auf die Tatze ein.
Pomme de Terre pikte mit aller Kraft
ins dichte Fell.
Das machte die Katze wütend.
Sie holte aus und
traf Pomme de Terre.
Der sank wie Picandou
ohnmächtig zu Boden.

Gruyère beobachtete das Geschehen mit wachsender Verzweiflung. Ihr Kopf war leer, und ihr Körper zitterte so stark, dass sie kaum Luft holen konnte. Gleich würde die Katze auch den Hamster erwischen. Und was dann?
In diesem Moment bemerkte Gruyère, wie sich etwas vom Kai langsam auf sie zubewegte. Ein großer grauer Vogel watschelte unter die Brücke und blieb überrascht stehen, als er die zwei leblosen Mäuse und dann die Katze erblickte, die sich zu einem weiteren Angriff bereit machte. Der Hamster hatte seinen Degen verloren und warf sich ängstlich zurück.
Gruyère schrie: „Herr Robert, hilf uns!“ Dann sprang sie aus ihrem Versteck und biss der Katze kräftig in den Schwanz.
Die Katze fuhr wütend herum. „Jetzt bist du dran! Ein schönes Abendessen habe ich da heute. Sssss!“, fauchte sie.
Herr Robert stand immer noch reglos im Schatten und beobachtete den Kampf. Es war ihm schleierhaft, wie er die Muskeltiere vor diesem großen Untier retten sollte. Er konnte ja nicht einmal fliegen.

Gruyère entwich geschickt der Tatze. Ihr Hirn arbeitete fieberhaft. Es musste doch einen Ausweg aus diesem Albtraum geben. Aber welchen? Womit konnte man dieses Vieh nur verjagen?
Auf einmal wusste sie, wie! „Waldi!“, rief sie Herrn Robert zu. „Mach den Waldi!“
Herr Robert zögerte. Hatten ihm die anderen nicht befohlen, den Schnabel zu halten?
„Waldi, bitte! Schnell!“, rief Gruyère, denn die Katze holte schon wieder zum Schlag aus.

Da fasste sich Herr Robert ein Herz
und er begann zu bellen.
Er klang wie ein sehr wütender Köter.
Dabei kam er immer mehr in Fahrt
und wurde immer lauter und schneller.

Schon klang er wie zwei, wie drei und am Ende wie zwanzig Hunde auf einmal! Das Bellen hallte unter der Brücke und es schien aus allen Richtungen zu kommen. Es war sehr beeindruckend.
Die Katze legte die Ohren an. Ihre Nackenhaare sträubten sich und ihr Schwanz puffte sich auf wie ein

Staubwedel. Einen Moment schien sie noch zu überlegen, aber dann drehte sie sich um und verschwand: ein schwarzer Blitz, der durch die Dunkelheit schoss.
Gruyère eilte sofort zu ihren Freunden. „Bertram, Picandou, Pomme de Terre!“, rief sie und beugte sich über sie.
Picandou und Pomme de Terre kamen langsam wieder zu sich. An Picandous Kopf schwoll eine Beule an. Er stöhnte.
Gruyère half ihm auf die Beine und umarmte ihn. „Ich bin ja so froh, dass euch nichts passiert ist!“, rief sie.
„Ich hatte schon befürchtet, dat unser letztes Stündlein geschlagen hätte“, brummte Pomme de Terre, der sich ebenfalls den Kopf rieb.
„Ein Glück, dass Herr Robert dabei war!“, lispelte Bertram und warf dem immer noch bellenden Vogel einen dankbaren Blick zu.

Picandou, der sich mit beiden Pfoten den Kopf hielt, murmelte: „Kann jemand bitte mal den Hund abstellen?“

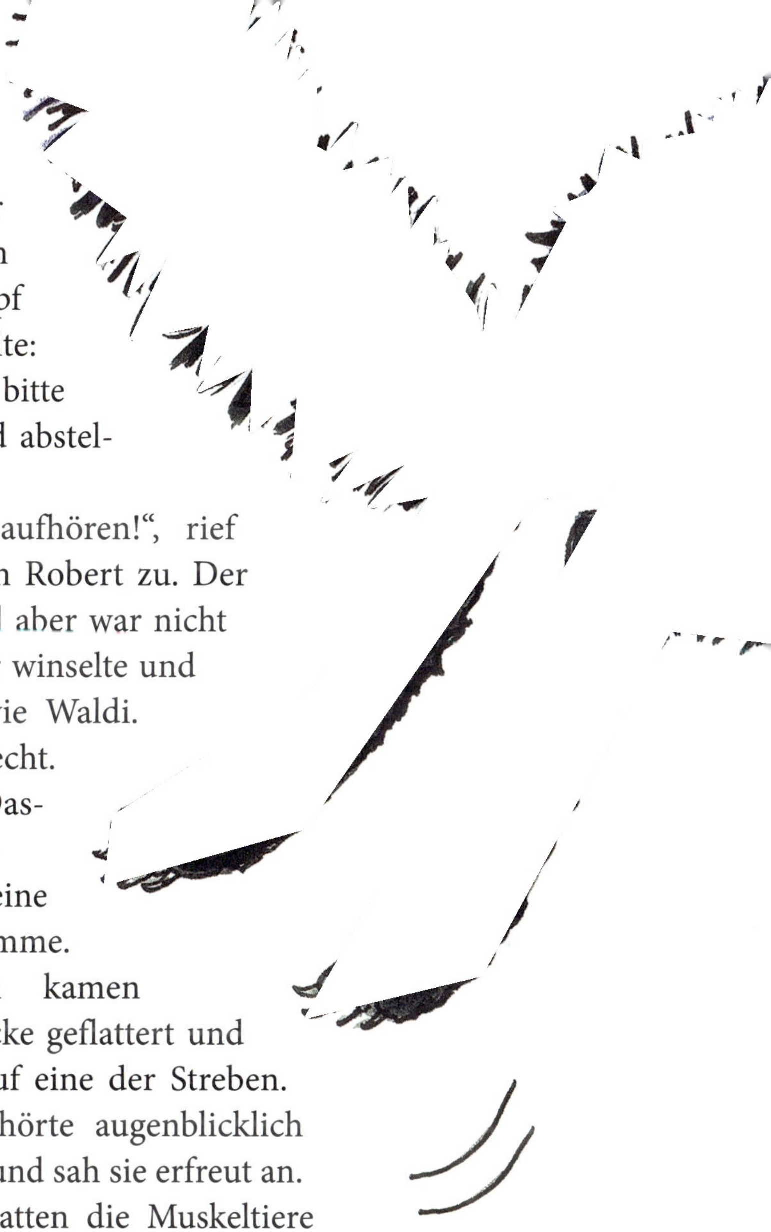

„Du kannst aufhören!“, rief Gruyère Herrn Robert zu. Der bellende Vogel aber war nicht zu stoppen. Er winselte und heulte jetzt wie Waldi. Es klang sehr echt.

„WasIstDennDasFürEinHöllenlärm“, rief eine vertraute Stimme. Drei Möwen kamen unter die Brücke geflattert und setzten sich auf eine der Streben. Herr Robert hörte augenblicklich auf zu heulen und sah sie erfreut an. Die Möwen hatten die Muskeltiere erkannt und flatterten zu ihnen.

„WasIstDennHierLos?“, rief eine.

„JaWasIstDennHierLos?“, rief die zweite.

„JaWasIstDennHierBloßLos?“, rief die dritte.
„Wie wäre es mit einem schönen Müllsack“, antwortete Gruyère.
„MüllsackMüllsack!SchönerSchönerMüllsack!“, sangen die Möwen im Chor.
„Dafür müsst ihr uns nur einen winzigen Gefallen tun“, rief Pomme de Terre und zwinkerte Gruyère zu.
„KlarKlar“, antworteten die Möwen, die das schon kannten. „WohinWohin?“
„Nirgendwohin“, sagte Gruyère. „Wir brauchen ein paar Flugstunden.“
Die erste Möwe betrachtete sie zweifelnd.
„IchWillDichJaNichtBeleidigen“, krächzte sie. „AberIchWeißNichtObDasEineGuteIdeeIst.“
„DamitKommstDuNichtWeit“, rief die zweite und deutete auf Gruyères Pfoten.
„VielleichtSuchstDuDirLieberEinenAnderenSport“, rief die dritte.

„Aber nein!
Die Flugstunden sind nicht für mich“,
sagte die Rattendame.
Sie deutete auf Herrn Robert.
Der trat schüchtern aus den Schatten
und verneigte sich vor den Möwen.
„Darf ich vorstellen“, sagte Gruyère.
„Das ist Herr Robert.
Euer neuer Flugschüler.“

Flugschule

Die Möwen schauten verdutzt zu Herrn Robert. Der graue Vogel verneigte sich nochmals. Er wirkte etwas aufgeregt.
„Wir haben nicht viel Zeit", sagte Gruyère. „Er muss vor Morgengrauen wieder auf seinem Balkon sein. Und dazu muss er fliegen können."
„WiesoKannErNichtFliegen", krächzte die erste Möwe.
„ErIstEinVogelUndVögelKönnenFlie…", begann die zweite Möwe.
„Ja, das wissen wir bereits. Er braucht nur ein bisschen Hilfe", unterbrach Gruyère, die sah, dass Herr Robert wieder verlegen den Kopf hängen ließ.
„AlsoGutAlsoGutUndDannGibt'sNenLeckerenMüllsack", rief die dritte Möwe.
„Müllsack!Müllsack!LeckerLeckerMüllsack!", stimmten die anderen beiden eifrig ein.
„Ruhe!", knurrte Picandou, dem der Kopf schmerzte.

Die Möwen stellten sich vor Herrn Robert in einer Reihe auf und begannen sofort mit dem Unterricht.
„FlügelAusbreiten!“, rief die erste. „UndFlattern.“
„FlügelAusbreitenUndFlattern“, wiederholte die zweite.
„FlügelAusbreitenUndNochMehrFlattern“, wiederholte die dritte.

Alle drei Möwen flatterten mit den Flügeln.
Herr Robert flatterte mit
und erhob sich in die Luft.
Er war so überrascht,
dass er nach unten schaute.
Dabei vergaß er das Flattern.
Er plumpste zu Boden
und landete auf dem Schnabel.

„WeiterFlattern!“, befahl die erste Möwe.
„DuDarfstNichtAufhören“, rief die zweite streng.

„Okay“, sagte Herr Robert.
Die Muskeltiere setzten sich auf die Kaimauer und beobachteten, welche Fortschritte Herr Robert machte. Es ging alles sehr langsam. Wieder und wieder fiel er unsanft auf den Kai und einmal sogar ins Wasser, weil er regelmäßig das Flattern vergaß.
„DuBrauchstHöheBevorDuSegelnKannst“, schnarrte die erste Möwe. „AlsoNochMalVonVorneFlügelAusbreitenUndFlattern.“
Nach mehreren Anläufen schaffte Herr Robert immerhin die Höhe der Kaimauer, doch dann fiel er wieder zu Boden.
Die Kirchturmuhr schlug die halbe und dann die volle Stunde. Die Möwen wurden immer ungeduldiger.
„DasIstEchtArbeit“, schimpfte die erste.
„EchtEchtArbeit!“, schimpfte die zweite. „DasSindBaldZweiMüllsäcke.“
„NeinDreiMüllsäcke!“, korrigierte die dritte.

Die Muskeltiere blickten besorgt zum Himmel. Es dämmerte schon. Ihnen rannte die Zeit davon. Sie mussten zurück in der Höhle sein, bevor die Deichstraße erwachte. Wenn Herr Robert nicht endlich fliegen lernte, mussten sie ihn im Stich lassen, denn mitnehmen in die Höhle konnten sie ihn ja nun mal nicht. Herr Robert würde nie und nimmer durch ihren Geheimgang passen.

Aus irgendeinem Grund hörte der Vogel, wenn er in der Luft war, plötzlich auf zu flattern.
„Warum fliegst du nicht weiter?", rief ihm Gruyère zu, als er wieder zu Boden gesaust war.
„Ich fliege doch. Aber dann schaue ich runter und alles ist so weit weg", erwiderte Herr Robert bedrückt. „Und dann bekomme ich einen Schreck und vergesse, dass ich flattern muss."
„Dat Jongchen hat Höhenangst", stellte Pomme de Terre fest. „Ein Vogel mit Höhenangst. Oh Mann."
Die Muskeltiere sahen sich ratlos an. Das war natürlich ein Problem.

„Hör zu“, sagte Gruyère.
Sie kratzte sich
nachdenklich hinter den Ohren.
„Beim nächsten Versuch darfst du
einfach nicht nach unten schauen.
Schau zum Himmel.
Da willst du ja schließlich hin.
Versprichst du mir das?“

„ZumHimmelZumHimmel“, riefen die Möwen. „Okay. Ich versuch's“, murmelte Herr Robert und breitete zum zweiunddreißigsten Mal die Flügel aus. „Versprich es!“, rief Gruyère. „Nur zum Himmel. Sag dir das immer wieder vor.“

„ZumHimmelZumHimmel“, riefen die Möwen, und die Muskeltiere und Herr Robert stimmten mit ein. Herr Robert flatterte, erhob sich und krächzte „ZumHimmelZumHimmel“.
Diesmal schaute er nicht nach unten. Stattdessen stieg er hoch in den Morgenhimmel hinauf. Die Möwen flogen an seiner Seite, und gemeinsam sangen sie: „ZumHimmelZumHimmel.“
Immer wieder musste sich Herr Robert dazu zwingen, nicht nach unten zu schauen. Aber er hatte Gruyère sein Versprechen gegeben und das musste er halten. Und siehe da, er stieg höher und immer höher.
„JetztFlügelAusgestrecktLassenUndMitDemWindGleiten“, rief eine Möwe, die dicht an seiner Seite flog. Sie hatte die Flügel ausgebreitet und schien durch die Luft zu schweben.
„Gleiten?“, stotterte Herr Robert.
„MachEsUnsNach“, befahl die zweite Möwe.
Herr Robert nahm all seinen Mut zusammen und streckte die Flügel ganz weit aus. Der Wind rauschte um seine Ohren, aber auf einmal – oh Wunder – war

es, als läge er auf einem unsichtbaren Kissen, das ihn sanft und sicher immer weitertrug.

„Das ist ja der Wahnsinn!“, krächzte er. „Der absolute Wahnsinn!“
Je länger er dahinsegelte, desto mehr wich die Angst. Ein großes Glücksgefühl durchströmte seinen Körper bis in die Flügelspitzen.

„JetztKannstDu-RunterSchauen“, sagte die erste Möwe.
Herr Robert schaute nach unten, wo die langsam erwachende Stadt und in der Ferne die glitzernde Elbe lagen, beide ganz klein.
„Wie schön ist das denn!“, rief Herr Robert.
Und gerade als ihm wieder ein bisschen mulmig

wurde, befahl die Möwe: „UndJetztWiederIndenHimmelSchauenUndFlattern!"
Herr Robert gehorchte und stieg leicht wie eine Feder nach oben, folgte auch immer schön brav den Möwen, die zu einer langen Kurve ansetzten und dann in den Sinkflug gingen.
Die Muskeltiere klatschten begeistert, als Herr Robert und die drei Möwen auf dem Kai landeten – auch wenn Herr Robert schlingerte und einen Purzelbaum machte, ehe er festen Boden unter den Füßen hatte.
„Bravo!", rief Gruyère.
Herrn Roberts Augen blitzten vor Freude. Er keckerte aufgeregt.
„Wie war's?", fragte Bertram.

„Unbeschreiblich!“, antwortete Herr Robert. Auch die Möwen wirkten endlich zufrieden mit ihrem Flugschüler.
„NichtSchlechtNichtSchlecht.GleichNochMal“, rief die erste. Herr Robert flatterte mit den Flügeln und folgte ihnen in den Himmel, der sich bereits zartrosa färbte.
„Dat war man allerhöchste Eisenbahn“, sagte Pomme de Terre. „Zeit, dat wir nach Hause kommen.“

Picandou nahm Gruyères Pfoten
und drückte sie vorsichtig.
„Kommst du mit?“, fragte er.
„Bitte!“, rief Pomme de Terre.
„Wir haben sogar aufgeräumt“,
fügte Bertram hinzu.
„Nur für dich.“
Gruyère war gerührt.
„Ja, natürlich komme ich mit“,
sagte sie.
„Nirgendwo ist es schöner
als zu Hause mit euch.“

„Und wir versprechen, uns zu bessern“, raunte Picandou ihr ins Ohr.
„Und ich verspreche, weniger pingelig zu sein“, rief Gruyère. „Die Wahrheit ist – ich mag euch alle, wie ihr seid! Und ich habe gemerkt, wie sehr ich euch vermisse.“
„Und wir dich!“, rief Picandou.

Vier Vögel flogen eine elegante Schleife am Himmel und landeten wieder am Kai.
„ErKannsErKanns“, rief die erste Möwe.
„IchKannsIchKanns“, wiederholte Herr Robert stolz.
„Na denn man tau“, rief Pomme de Terre. „So spät sind wir noch nie nach Hause gekommen.“
Gruyère holte ihr Bündel. Picandou bestand darauf, es für sie zu tragen, und dann liefen die Muskeltiere, so schnell sie konnten, die Deichstraße hinauf. Die vier Vögel flatterten über sie hinweg. Einer brummte wie ein Flugzeug.

Vor dem Balkon
machten die Muskeltiere halt.
Herr Robert und die Möwen
landeten auf dem Geländer.
„Danke“, rief Herr Robert
den vier Freunden zu.
„Danke, danke
für alles.
Ihr seid wunderbar.“

Die Muskeltiere verneigten sich, Bertram zückte elegant seinen Degen.

Herr Robert wandte sich an Gruyère. „Sag mal, könntest du mich morgen Abend wieder aus dem Käfig lassen?“ Er deutete auf die Möwe zu seiner Rechten. „Wir würden uns gerne zu einer Spritztour verabreden.“

Die Möwe errötete leicht unter ihrem Gefieder. Sie hatte eindeutig einen Narren an Herrn Robert gefressen.

„Na klar!“, rief Gruyère und lächelte der Möwe zu. „Ich kann deiner Freundin sogar zeigen, wie man den Riegel öffnet.“

„Das wäre großartig!“, rief Herr Robert und pfiff zum Abschied ein kurzes Lied:

Das kann doch einen Seemann nicht erschüttern.
Keine Angst, keine Angst, Rosmarie.

Aber jetzt mussten sich die Muskeltiere sputen, denn die ersten Sonnenstrahlen krochen schon über die Dächer. Die Möwen folgten ihnen zum Müllsack. Gruyère, die noch nichts gegessen hatte, griff sich schnell ein paar Happen und schlüpfte mit den anderen durch das Abflussrohr zurück in den Keller.
Die Möwen bedienten sich freudig an den Resten. Denn die hatten sie sich wirklich verdient.

„Was für eine Nacht!“, seufzte Gruyère.
Sie ließ sich erschöpft
in ihre Camembert-Schachtel fallen.
„Es ist sooo schön,
wieder zu Hause zu sein.“
Picandou ergriff ihre Pfote.
„Und wie schön ist es erst,
dich wieder zu Hause zu haben.“

Pomme de Terre und Bertram
stimmten schläfrig zu.
Und dann war nur noch
Bertrams leises Schnarchen zu hören.

Gruyère dachte an Herrn Robert, der sich seinen Traum vom Fliegen erfüllt hatte. Auch er hing an seinem Zuhause bei Gerti und Günther, mit erfüllten Träumen aber war es noch viel schöner. Gruyère lächelte im Halbschlaf. Und das Schönste war, die Muskeltiere hatten ihm dabei geholfen.

Nachwort

Gruyère hielt ihr Versprechen. Gleich am nächsten Abend und an vielen Abenden darauf kletterte sie auf den Balkon und öffnete Herrn Roberts Käfig. Die Möwen saßen meistens schon auf der Brüstung und freuten sich darauf, mit Herrn Robert über das nächtliche Hamburg zu fliegen und manchmal sogar noch weiter bis ans Meer. Manchmal besuchten sie auch die Muskeltiere auf einen Müllsack und erzählten von ihren Erlebnissen. Und dann sang Herr Robert mit den Möwen:

„MüllsackMüllsackLeckerLeckerMüllsack",

bevor sie alle zusammen aßen, Herr Robert das eine oder andere Obst, die Möwen ihre geliebten Fischreste und die Muskeltiere von jedem etwas und alles durcheinander, ganz wie es ihnen gerade gefiel.

Ute Krausc, 1960 geboren, wuchs in der Türkei, Nigeria, Indien und den USA auf. An der Berliner Kunsthochschule studierte sie Visuelle Kommunikation, in München Film und Fernsehspiel. Sie ist als Schriftstellerin und Illustratorin erfolgreich. Ihre Bilder- und Kinderbücher wurden in viele Sprachen übersetzt und für das Fernsehen verfilmt.

Ute Krause wurde vielfach ausgezeichnet, u. a. von der Stiftung Buchkunst, und für den Deutschen Jugendliteraturpreis nominiert.

Von Ute Krause sind bei cbj folgende Bücher erschienen:

Theo und das Geheimnis des schwarzen Raben
Kinderroman ab 10 Jahre (17579)

Im Labyrinth der Lügen, Kinderroman ab 10 Jahre (22654)

Die Muskeltiere (Große Abenteuer):
ca. 208 Seiten, durchgehend farbig illustriert
Die Muskeltiere – Einer für alle, alle für einen (15903)
Die Muskeltiere auf großer Fahrt (17172)
Die Muskeltiere und Madame Roquefort (17442)
Die Muskeltiere und das Weihnachtswunder (17697)
Die Muskeltiere und die große Käseverschwörung (17899)
Die Muskeltiere und Ewig Fünfter (18017)
Die Muskeltiere und die verflixte 13 (18110)

Die Muskeltiere (Kleine Abenteuer):
ca. 128 Seiten, durchgehend farbig illustriert
Die Muskeltiere – Picandou und der kleine Schreihals (17337)
Die Muskeltiere – Hamster Bertram lebt gefährlich (17369)
Die Muskeltiere – Pomme de Terre und die vierzig Räuber (17618)
Die Muskeltiere und die rattenscharfe Party (17783)

Minus Drei zum Vorlesen:

ab 4 Jahre, 80 Seiten, durchgehend farbig illustriert

Minus Drei wünscht sich ein Haustier (15892)

Minus Drei und die laute Lucy (15893)

Minus Drei und der Zahlensalat (15906)

Minus Drei macht Party (17091)

Minus Drei geht baden (17182)

Minus Drei und die wilde Lucy – zum Selberlesen:

ab 6 Jahre, 80 Seiten, durchgehend farbig illustriert

Minus Drei und die wilde Lucy – Der große Vulkan-Wettkampf (17400)

Minus Drei und die wilde Lucy – Minus reißt aus (17401)

Minus Drei und die wilde Lucy – Das große Dunkel (17345)

Minus Drei und die wilde Lucy – Die blöde Sache mit dem Ei (17534)

Diese Bücher gibt es auch als Hörbuch: www.cbj-audio.de

Erst ich ein